O SEGREDO DO TEMPO

SANDRA PINA

ILUSTRAÇÕES GUSTAVO PIQUEIRA E SAMIA JACINTHO

Copyright © Sandra Pina

Capa
Casa Rex

Projeto Gráfico
Casa Rex

Ilustrações
Gustavo Piqueira e Samia Jacintho

Revisão
Waltair Martão

Coordenação Editorial
Editora Biruta

2ª edição – 2012

Edição em conformidade com o acordo ortográfico da língua portuguesa.

Todos os direitos desta edição reservados à
Editora Biruta Ltda.
Rua Coronel José Eusébio, 95, Vila - Casa 100-5
Higienópolis - CEP: 01239-030
São Paulo / SP - Brasil
Telefones: (11) 3081-5739 e (11) 3081-5741
biruta@editorabiruta.com.br
www.editorabiruta.com.br

A reprodução de qualquer parte desta obra é ilegal, e configura uma apropriação indevida dos direitos intelectuais e patrimoniais do autor.

Dados Internacionais de Catalogação na Publicação (CIP)
(Câmara Brasileira do Livro, SP, Brasil)

Pina, Sandra
   O segredo do tempo / Sandra Pina ; ilustração Gustavo Piqueira e Samia Jacintho. – São Paulo : Biruta, 2008.

   ISBN 978-85-7848-005-9

   1. Literatura infantojuvenil I. Piqueira, Gustavo. II. Título.

08-01927   CDD-028.5

Índices para catálogo sistemático:
1. Literatura infantojuvenil   028.5
2. Literatura juvenil   028.5

FINALMENTE: FÉRIAS

— Manhêeeee! Passei!

Eu sou a Teca. Quer dizer, Thereza Christina, com todos os "agás" a que tenho direito. A gritaria? Acabo de chegar da escola com meu boletim mostrando um lindo "APROVADO". Sem prova final. Sem recuperação. Não é pra estar feliz? Agora, férias também pra mochila, livros, cadernos, lápis e caneta. Escola, me espere só no ano que vem!

— Que bom, filha! E seu irmão, onde está?

— O Fael? Deve ter ido pro quarto.

Bem, o Fael, ou melhor, Raphael (também com agá — mamãe adora!) é mais novo que eu quase dois anos. Apesar disso, ele é o meu melhor amigo. Brigas? Claro! Você já viu algum irmão mais novo não ser chato? Mas são rápidas! Tá certo, tem razão. Às vezes são piores do que deveriam.

O importante mesmo são as férias. Palavra doce... Vou começar a me preparar pra ir ao sítio com tia Carol, tio Júlio, Bia e Cacau. A Bia é minha prima. Um pouquinho mais velha que eu. O Cacau — Carlos Alberto — é o irmão dela e alguns meses mais novo que o Fael. Somos todos ligadíssimos.

Preciso torcer pro meu irmão não ficar em recuperação, senão, nada de sítio. Vou até dar uma ajudinha pra acabar logo com isso.

— Teca, Fael, o almoço está na mesa!

— Tô indo, mãe!

Vou almoçar.

PREPARANDO

Acho que já coloquei tudo na mala: biquíni, camisola, minha agenda, perfume, óculos escuros, presilhas pro cabelo, batom, chinelo, tênis... Ihhh, quase ia me esquecendo: escova de dentes. É claro que minha mãe ainda vai dar uma geral, mas acho que está tudo aí. Será? Amanhã cedinho meus tios vão passar e pegar a gente.

Amo a natureza. Aqui, moramos em apartamento num bairro movimentado. Se quiser andar de bicicleta ou patins, só no videogame. Cachorro? Gato? "Nem pensar." Pelo menos eu tenho o meu quarto e meu irmão, o dele. No sítio tudo é diferente. Tem piscina, cachorro, galinha, coelho, horta, fruta no pé. A gente não para. Come, se diverte, nada, se diverte, come... O tempo todo. Quando chove, tem varanda pra jogar pingue-pongue e totó e balançar na rede. Tudo isso cercado por uma mata ma-ra-vi-lho-sa! Dá até pra esquecer o computador por uns dias.

— Teca, me deixa ver sua mala.
— Tá aqui.

Não disse que ela ia colocar mais um monte de coisas?
Vou dormir.

O CAMINHO

TRRRRIIIIIMMMMM.   TRRRRIIIIIMMMMM.
— Teca, acorda. Está na hora. Daqui a pouco Carol e Júlio chegam pra buscar vocês.

Chegou o dia! Tomar banho, café, escovar os dentes e...
— Fael, vamos! Tchau, mãe. Beijo.
— Tchau, filha. Juízo! Não quero nada espalhado, viu? Não deixa teu irmão fazer bagunça. Dá uma olhadinha nas coisas dele também! Você é a mais velha. Está levando tudo?
— Tôôôôô, mãe.
— Estou falando sério, Thereza Christina. Raphael, não dê trabalho pra sua tia. Qualquer coisa, me liguem!
— Beijo, mãe. Até a volta.

Mãe não tem jeito. Toda vez é a mesma coisa. Mil recomendações. Acho que ela pensa que eu tenho três aninhos. Tenho a impressão de que vou chegar aos 30 e não vai mudar nada.
Demora uma eternidade pra chegar e tá muito calor. Tudo bem que a gente precisa voltar em duas semanas por causa do Natal e do trabalho dos meus tios. Mas vale a pena. Se vale! No carro, Fael e Cacau dormem. Bia e eu conversamos baixinho pra ninguém ouvir. Tio Júlio dirige. Tia Carol vai de "copilota".
Cuidado, Júlio!

Freada. Susto. Uma vaca atravessou a estrada e tio Júlio teve que frear de repente. Parada. Guaraná. Xixi. Que bom. Meu bumbum estava ficando quadrado.

O SÍTIO

Chegamos. O sítio é enorme. Minha mãe disse que o meu tata-ta-taravô morou aqui. Vovó conta que antigamente o sítio era uma fazenda e o avô dela plantava e vendia café. Isso foi no tempo em que ainda existiam escravos no Brasil.

Jogamos... quer dizer, colocamos tudo nos quartos. Trocamos de roupa e: piscina, aí vamos nós! Com esse solzão todo. Com tudo que temos direito: bola, boia de pneu, macarrão, trampolim etc.

A piscina fica do lado do que a gente chama de chuveirão, que, na verdade, é um cano enorme de onde sai muita água fria, com muita força, e cai num tipo de lago de concreto, e, depois, corre por um canalzinho, que vai até a piscina. Deu pra entender? Dizem que antigamente, em algum lugar do sítio, havia uma cachoeira de verdade, com rio e tudo. Devia ser bem legal, mas isso foi muito antes de eu nascer.

— Cansei! — acho que ninguém ouviu. — Gente! Cansei! Tô saindo... Saí.

Deitei na cadeira e fiquei olhando tudo em volta. Como tem manga no pé! Adoro suco de manga, sorvete de manga, qualquer coisa de manga. Não gosto muito de comer a fruta porque aqueles fiapinhos ficam nos dentes e parece que nunca mais vão sair. Prendem no aparelho. Pior, só casquinha de pipoca.

Aquela árvore ali eu não sei o que é. Aquela é jaqueira. A outra é bananeira. Isso! Bananeiras. Eu nunca tinha reparado que tinha tanta bananeira naquele lugar meio afastado da piscina. Que coisa escura é aquela atrás delas? Não dá pra ver direito daqui, mas parece um buraco ou alguma coisa do gênero. Preciso chegar mais perto pra ver, mas que é estranho, isso eu tenho certeza.

— O lanche está na mesa — minha tia chamou lá da varanda.

Fome. O lanche no sítio tem leite tirado de vaca de verdade, quer dizer, não é daqueles que se compram em caixinha ou saquinho no supermercado, vem da vaca direto pra mesa. Além disso, o pão e o queijo são feitos pela dona Nenê, que também faz suco da fruta que acabou de colher no pé. Mamãe diz que faz bem à saúde. Eu acho que é mais gostoso. E ponto final.

— Tia, é verdade que a dona Nenê é descendente dos escravos que viviam aqui no sítio?

— Mas hoje em dia não existem mais escravos — Bia falou.

— Eu sei — respondi. — Mas ela sabe como vivia a família dela?

— Não sei, Teca, nunca perguntei — tia Carol disse.

— Posso perguntar?

— Posso saber por que este interesse agora? — minha tia me respondeu com outra pergunta.

— É que a gente andou estudando umas coisas sobre escravos na escola, agora no final do ano e tinham umas coisas tão esquisitas sobre a vida deles, que eu fiquei curiosa de saber se é verdade mesmo. Só isso.

— Só você mesmo, né, Teca? Lembrar de coisa de escola bem no início das férias! — Cacau implicou. — Não é à toa que te chamam de nerd no colégio!

— Não enche, Cacau! Você não fica curioso sobre essas coisas, não?

— Ah, Teca, ele tem razão. Você é muito... — meu irmão resolveu implicar comigo também.

— O lanche está bom? — tia Carol cortou a conversa. — Alguém quer mais um pedacinho de bolo de fubá?

— Quero, sim, tia. Tá uma delícia!

Não sei se foi a minha imaginação, mas tive a impressão de que tia Carol mudou de assunto. Tipo não-quero-falar-disso. Não! Bobagem! Ela só deu um corte nos meninos que começavam a implicar comigo. Isso! Mas... pensando bem... será que a dona Nenê fica triste quando a gente fala sobre escravos? Não acredito. Deve ser só história pra ela também, afinal, já faz tanto tempo.

RAPIDINHO

— Bia, tá acordada?

— Mais ou menos.

— É rapidinho.

— O que é, Teca?

— Sabe o que tem atrás das bananeiras?

— Que bananeiras?

— Aquelas, atrás da piscina!

— Tem bananeiras lá?

— Cara, não acredito. Você vem pra cá sempre, desde que nasceu, e nunca viu?

— Eu não e, pelo visto, você só viu hoje, né? E vem ao sítio há tanto tempo quanto eu.

— Pois é, hoje, quando eu saí da piscina, fiquei olhando pras árvores e, aí, vi as bananeiras. Um monte delas.

— Ah! A dona Nenê tira as bananas de algum lugar pra fazer aquela torta maravilhosa. Você descobriu onde estão as árvores. Qual o mistério?

— É que atrás delas tem alguma coisa.

— Que tipo de coisa?

— Sei lá. Meio escura. Parece um buracão.

— Tá bom, Teca, amanhã vamos lá ver o que é.

— Mas vamos em segredo, tá? Se os meninos descobrem, vão ficar no nosso pé.

— Tá legal!

O QUE SERÁ?

— Bia — chamei baixinho pra ninguém ouvir. — Biaaa! — ela não me ouviu! — Biiiiaaaaaa! — quase gritando.
— Que foi, Teca? — ela veio na maior calma.
— Poxa, Bia, tava chamando há um tempão! É que o Cacau e o Fael foram empinar pipa e a gente podia aproveitar pra dar uma olhada nas bananeiras.
— Claro!

Alguns passos naquela direção e: aqui estamos. Em princípio, tudo normal, mas, de repente, não sei por que, foi dando um frio na espinha, uma sensação estranha. A Bia não fala nada. Isso pode ser um sinal de que ela tá com medo também. A gente não tem a menor ideia do que vai encontrar, mas que o lugar é esquisito, isso é. Tem alguma coisa ali. Não dá pra ver o quê. Parece uma pedra. Algo se mexendo.
— Você viu o que eu vi, Teca?
— Vi. Quer desistir?
— Nem pensar. Vamos até lá. Este barulho é cobra?
— Não! É só um miquinho.

Chegamos bem perto.
— Parece uma caverna.
— Parece não. É uma caverna. Nunca tinha visto isto aqui.
— Meio escuro, né? — eu disse. — O que foi isso? Ouviu esse barulho?
— Ouvi. Será que tem alguém aí?

— Sei lá!

— Quer voltar? — Bia perguntou.

— Não! Mas, pra continuar, a gente vai precisar de uma lanterna. Será que o teu pai empresta?

— Ele vai querer saber pra que é. A gente vai ter que contar. Isso não vai dar certo.

— Não precisa falar da caverna. Inventa uma história qualquer.

— Vai por mim que é melhor pegar "emprestado" sem ele saber. Sei onde ele guarda.

Hoje à noite vamos até a oficina do tio Júlio pegar a lanterna. Tomara que ele não sinta falta.

Tem que ser à noite porque durante o dia ele passa muito tempo por lá, entrando e saindo pra pegar ferramentas e coisas assim. Ainda acho que a gente devia pedir.

— Bia, tem certeza de que não tem nenhuma dentro da casa? Na cozinha. Sei lá.

— Deve ter. Só que tem um probleminha.

— Qual é?

— Eu não sei onde eles guardam. Eu só tenho certeza dessa que vi lá na oficina.

— E se não estiver lá?

— Eu sei que tem uma lá. Conheço o meu pai. De noite a gente pega.

Problema dois: despistar os meninos. Tem horas que eles grudam, principalmente quando eles desconfiam que estamos querendo fazer ou falar alguma coisa que eles não podem saber ou não queremos que eles participem. Coisa de irmão mais novo, sabe? Precisaremos de um plano. Mas nisso eu penso depois. Agora tenho que me concentrar no problema um: a lanterna, que só tá resolvido na cabeça da minha prima, né?

DE NOITE

— Teca. Todo mundo tá dormindo. Tem que ser agora — Bia falou baixinho.

— Tá todo mundo dormindo mesmo? Até a tia Carol?

— Minha mãe? Já foi pro quarto e apagou as luzes tem um tempão.

— Então, vamos.

Juro que eu tô dando uma de durona, mas andar no sítio no escuro é de arrepiar. Só tem uma luz bem fraquinha num poste que fica no meio do gramado e uma outra que a tia Carol deixa acesa na varanda da frente. E a oficina tinha que ficar atrás da casa, claro. E, pra piorar, não muito perto. Temos que sair pela cozinha com o maior cuidado pra ninguém ouvir a porta, até porque, de noite, além de escuro, o sítio é um silêncio de doer os ouvidos. O único barulho que não para é o do chuveirão lá da piscina e, assim mesmo, muito baixinho porque fica mais pra perto do campinho do que da casa.

Já do lado de fora, temos que passar pela varanda, abaixadas por causa das janelas dos quartos.

Ronc... rrrrooooonnnccccc...

— Que barulho é este, Bia?

— Ah! Este é o ronco do meu pai. Liga, não! Você ainda não tinha ouvido?

— Nunca tão alto.

— É que, como a gente dorme do outro lado, você acha que é baixinho.

— Então, tá.

Andamos um pedação no meio da grama. Estava tão úmida que parecia que tinha chovido, mas era só por causa do sereno mesmo.

Chegamos na porta da oficina: essa, sim, um grande problema. É que ela parece ser de castelo de filme de terror; daquelas velhas, que fazem muito barulho quando abrem. Dá até medo. É tão alto que a gente ouve da piscina. Bia começou a puxar a porta bem devagarinho. Puxa um pouco e para esperando sei lá o quê. Na terceira vez que fez isso...

Nnnhhhheeeiiiiinnnnn.

Ficamos apavoradas. E se alguém ouviu? Coloquei a mão na boca pra ter certeza de que não ia soltar nem um pio. Uma eternidade se passou e a gente achou que tinha certeza de que ninguém tinha escutado o barulho. Puxamos mais um pouquinho a porta, o suficiente pra passar. Ainda bem que somos magrinhas.

A pior parte ainda está por vir: procurar a lanterna sem acender a luz, usando apenas a claridade da lua cheia.

Tenho a sensação de que a qualquer momento as ferramentas vão pular em cima de mim. A Bia não pode nem sonhar que eu tô com um pouquinho de medo. Ela parece tão corajosa. Ou disfarça muito bem.

— Bia, você sabe onde ela tá?

— Mais ou menos. Sei que é numa das gavetas da bancada de ferramentas.

E começou a tatear procurando a gaveta onde tio Júlio guarda a lanterna.

— Ai! — Bia quase gritou. — Meu dedo!

— O que foi?

— Encostei o meu dedo num troço pontudo. Doeu!

— Mas agora não dá pra ver. Tá saindo sangue? — perguntei.

— Não. Quer dizer, não tem gosto.

— Você botou o dedo na boca?
— Claro, ué!

Bia abriu uma gaveta
— Achei! Tá aqui!
— Legal. Vamos, antes que alguém comece a nos procurar.

Lá vamos nós. Fechamos a porta da oficina de uma vez só e fez um barulhão danado. Aí, tivemos que atravessar o gramado correndo. Quando passamos pelas janelas, ouvimos tia Carol perguntando se o tio Júlio tinha ouvido aquele barulho. Não esperamos a resposta. Entramos na cozinha e vimos o vulto da minha tia acendendo a luz do banheiro. Voamos pro quarto e nos enfiamos debaixo do lençol. Foi o tempo exato de ouvir a descarga e, depois, os passos dela pela casa conferindo se tudo estava nos devidos lugares. Conseguimos! Que alívio.

— Teca! — minha prima me chamou baixinho depois que ouviu tia Carol fechar a porta do quarto.
— O que foi?
— Pode ser imaginação minha mas, quando a gente tava correndo de volta pra cá, eu tive a impressão de ter visto alguém parado perto da varanda.
— É mesmo? Vi não — menti.

De verdade, eu tive a mesma sensação mas, como a Bia fica muito impressionada com qualquer coisa — nem assiste filme de terror pra não ter pesadelos a noite —, não quis botar mais uma pulga atrás da orelha dela. Não queria que ela desistisse agora, né?

MAS NEM SEMPRE TUDO SAI COMO PLANEJADO

— Tá chovendo.

— Droga.

— Meu pai falou que esta chuva não para tão cedo.

— Droga dupla.

— Disse também que, quando parar, vai ter lama pra todo lado.

— Três vezes droga.

Dia chato! E eu sempre ouvi dizer que, se a lua tá cheia de noite, é porque vai fazer sol no dia seguinte. Argh! Quem será que inventou isso? O pior é que é chuva fina! Seria melhor que fosse um chuvão daqueles que passam logo. Normalmente eu não me incomodaria com chuva no sítio; tem um monte de coisa pra fazer.

— Teca! Bia! Vamos jogar totó? — Fael chamou.

— Não! — respondi emburrada.

— Vocês vão ficar aí o dia todo, é? — Cacau implicou. — A gente pode fazer um torneio de pingue-pongue, em vez de jogar totó, pra ficar mais fácil pra vocês.

— Não enche, Cacau. Não tô a fim de jogar nada. Me deixa quieta.

— Ihh..., garota! Você tá chata mesmo, hein — meu irmão

fez cara de nojo e virou as costas.

Têm vezes que até é divertido jogar com os meninos. Não hoje. Depois de tudo o que eu e a Bia passamos pra pegar a lanterna, tinha que chover? A gente nem dormiu direito imaginando o que podemos encontrar na caverna. O que tem lá? Será que é uma caverna mesmo? Será que tem cobra? Algum outro bicho? Vai ver que tem tesouro escondido. Mapa de piratas? Ninho de urso?

— Podemos ter surpresas — Bia imaginava.

— É — eu concordava.

— E se tiver algum bicho escondido?

— Só não pode ser dos grandes. Acho que nem tem bicho grande aqui pela área. Pensando bem, pode ter cobra, rato...

— Ah, Teca, nem vem! Tá pensando que eu vou desistir, é?

— Claro que não! Mas a gente vai ter que esperar a chuva passar, né?

— Droga...

Ainda não deu pra tentar ir à caverna. Imagina escorregar nesta lama e ficar toda suja? Já que tá difícil, o jeito é dar uma volta. Ir ao galinheiro pegar ovos fresquinhos é até divertido. Têm cinco galinhas, um galo e nasceram vários pintinhos ontem. Mas legal mesmo foi o tombo do Fael. Ele resolveu entrar no galinheiro pra dar comida. Não satisfeito, foi atrás das galinhas. Achou engraçado vê-las correndo de um lado pro outro. Escorregou na lama. Foi demais. Alegrou a nossa tarde! Ele? Emburrou a cara o resto do dia.

JÁ NÃO ERA SEM TEMPO

Finalmente. Dia ensolarado. O que tinha ficado enlameado durante a chuva secou rapidinho de tão forte que o sol apareceu. Perfeito pra exploração.

Mais perfeito ainda porque tio Júlio foi à cidade fazer compras e levou os meninos. Melhor, impossível. Eu e Bia fomos pra piscina com uma sacola cheia de coisas e, no fundo, a lanterna. Só pra disfarçar.

— Acho que hoje a gente consegue.

— Vamos logo, Bia. Tô morrendo de curiosidade.

— E se a minha mãe procurar a gente aqui na piscina?

— Que ideia! Ela nunca fez isso... por que justo hoje?

— Tá legal! Você tá certa — Bia concordou.

— Faz uma coisa. Se... por acaso... ela reclamar que não nos viu aqui na piscina, a gente diz que estava dando um passeio por aí. Ela adora nos ver "curtindo a natureza".

— Boa! Gostei da ideia!

— Mas, Bia, só se a tia Carol perguntar alguma coisa, tá? — fiz questão de repetir.

— Claro, né?

Minha prima olhou em direção do portão. Depois pra varanda da casa.

— Teca, tem que ser agora. Eles acabaram de sair.

— Beleza! Assim a gente vai ter mais tempo.

— Pega a lanterna e vamos!

Obedeci rapidinho. Nos levantamos:

— Oi, meninas!

Demos um pulo. As duas. Que susto!
— Ué, vocês não foram pra cidade? — tentei disfarçar.
— Eu jurava que tinha visto o carro sair — Bia falou, colocando as mãos pra trás pra esconder a lanterna.
— É. A gente tava indo, mas o papai viu que esqueceu a carteira, parou ali no portão e mandou a gente correr aqui pra pegar — Cacau começou a explicação.
— Aí, a tia Carol quis ir — Fael completou.
— Acho que a minha mãe não confia muito no meu pai fazendo compras sozinho.
— Ela disse que era pra gente ficar aqui com vocês.
— Bia, vem cá! — chamei.
— Que é?
— Vem cá, Bia!

Puxei a Bia pro canto.
— Acho melhor a gente contar pra eles e aproveitar que nem teu pai nem tua mãe tão aí.
— Eles vão falar.
— E daí? Sabe quando vai ter outra chance destas? Se eles contarem, vai ser depois da gente ter ido à caverna e...
— ... se eles estiverem junto... — os olhos da Bia brilharam. — vão ouvir a mesma bronca!
— Isso mesmo! — falei. — Se forem com a gente, vão ser obrigados a guardar o segredo também!
— Ihhh! Já tão cochichando de novo — Cacau implicou.
— Vocês não se cansam de tanta fofoca? — Fael perguntou.
— Sabe o que é? — comecei. — A gente descobriu uma caverna atrás das bananeiras. Pronto. Falei.
— Que bananeiras? — Cacau quis saber.
— Aquelas ali — apontei.

— Ahhh! — Fael fingiu que tava interessado. — E daí?

— E daí que resolvemos ver o que tem lá dentro.

— Vocês são loucas! — Cacau se assustou.

— Que nada, Cacau! Vamos com elas — meu irmão se animou.

— É. Deixa de ser chato. Nós vamos com ou sem vocês — Bia decidiu.

— Mas deve ser escuro — Cacau lembrou.

— A lanterna do tio Júlio tá aqui, ohhh! — mostrei, puxando o braço da minha prima.

— Deixa, Teca. Vai ser mais divertido sem eles.

— Caramba! Vocês já tavam com tudo planejado! — Fael arregalou os olhos. — Vamos, Cacau! Isso tem cara de que vai ser muuuito legal! Deixa de ser medroso.

— Tá bom. Vamos! Mas se o papai ou a mamãe descobrirem, eu não vou levar bronca por vocês. Eu digo que foi ideia das duas aí — meu primo deu de ombros.

Bia olhou pro irmão com cara de quem não tava nem aí para o que ele disse.

E LÁ VAMOS NÓS!

— Escuro, hein?
 — Cadê a lanterna?
 — Tá aqui.
 — Então, liga, né?!
 — Alguém tá com medo?

Silêncio...
— Vamos continuar?

Silêncio...
— Vamos voltar ?

Silêncio de novo.
 — Dá pra alguém dizer alguma coisa?
 — E se tiver barata?
 — Não acredito, Bia! Medo de barata? Eu tô com medo é de cobra, lagarto, aranha.
 — Cacau! Isso é coisa de menina.

Queria voar no pescoço da Bia. Desse jeito ela tava dando motivo pra eles pegarem no pé da gente por um bom tempo.

"CRACK"
 — Que foi isso?
 — Galho seco.
 — Tem certeza?

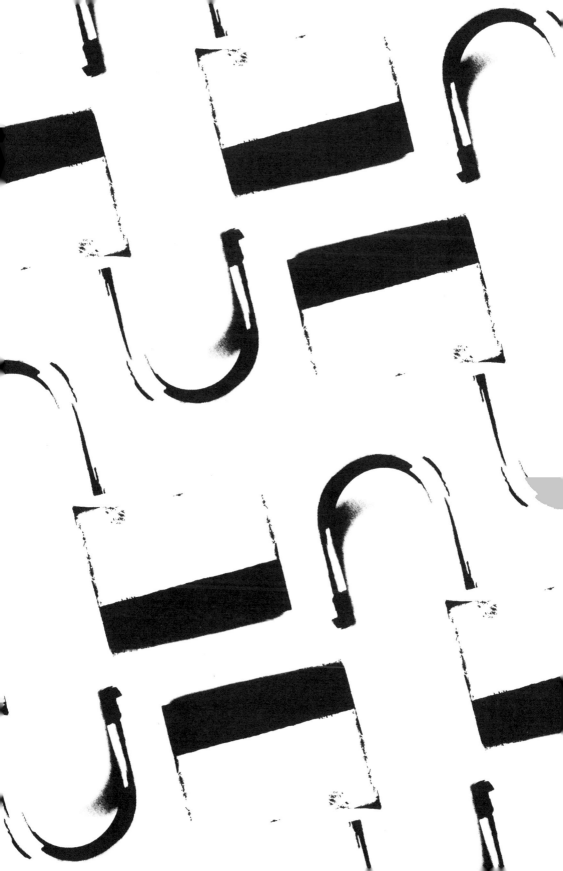

Silêncio.

Tudo dá arrepios. Não posso ficar com medo de jeito nenhum. A gente vai de mãos dadas. A da Bia tá gelada.

— Ei... cês tão ouvindo?
— Parece água.
— Tem uma luz ali.

Silêncio.

— Opa! Quase pisei neste buraco e ainda molhei o pé — Cacau quase gritou.
— Molhou?! Como assim? — perguntei.
— Molhando, ora! Sabe aquela coisa transparente chamada água?

Me abaixei tateando o chão. Morrendo de medo de meter a mão onde não devia.

— Cacau, não é buraco, não. É maior que isso... Parece uma grande poça — continuei tateando. — Não, não é poça porque eu tô sentindo a água mexer como se fosse um rio — achei que a minha imaginação já tava começando a ir longe demais, porém... — Tem um rio aqui!
— Um rio?
— É, um rio — espremi os olhos, começando a ver as coisas com alguma definição. — E não é pequeno.

Tava realmente ficando cada vez mais claro. Quase dia.

— A água é tão limpinha.
— Dá pra ver peixes no fundo.
— E tá claro. De onde vem esta luz?
— Não faço a menor ideia.
— Posso desligar a lanterna pra não gastar pilha? — Cacau perguntou baixinho.

— De onde ele vem? Não tem rio no sítio.

— E o chuveirão é o quê? — meu irmão lembrou. — Mamãe disse que já teve cachoeira no sítio.

— Tá brincando — Bia riu.

— Mas a água vem de algum lugar, né?

— E, depois, fica lá do outro lado da piscina. Não pode cair aqui — Bia explicou.

— Então, onde esse rio vai dar? — Fael insistiu.

— Não sei.

— Posso desligar? — Cacau perguntou de novo.

— Como é que a gente vai saber?

— Posso desligar esta lanterna ou não?

— Cacau, você não consegue decidir isso sozinho? — respondi. — Vamos seguir.

Ele finalmente apagou a lanterna e a gente seguiu mais curiosos do que nunca, querendo saber o que poderia encontrar pela frente.

O caminho tava cada vez mais claro.

O rio, cada vez mais cheio.

— Olha! Um barco — Cacau gritou.

— Barco? Onde? — perguntei.

— Ali, olha! — Cacau apontou.

— De quem será? — Bia perguntou.

— Mora alguém aqui?

— Cacau, não fala besteira.

— Então, como é que este barco veio parar aqui?

— É mesmo, Teca, se ele está aí, alguém colocou — meu irmão disse.

— Tá legal, Fael, mas não tem mais ninguém no sítio além de nós. E eu não ouvi ninguém falando nada sobre barcos, ou rios, ou caverna.

— Então, vai ver que tem um intruso lá no sítio e ninguém sabe.

— Será que é ladrão, Bia?

— Eu, hein? Se fosse ladrão, já teria roubado tudo e matado a gente.

— Shhhhhhh — pedi silêncio.

— Ouviu alguma coisa, Teca?

— Não! Só acho que a gente não devia ficar gritando. E se tiver alguém escondido por aí ouvindo tudo o que a gente tá falando?

— Se tiver, já é tarde demais, não acha?

— É, Bia, 'cê tá certa — concordei.

Apesar daquilo tudo ser muito esquisito, a gente já tava ali mesmo, né?

— Vamos voltar? — Cacau sugeriu.

— Cacau tá com medo — Fael implicou.

— Não é isso — ele se defendeu. — Mas é que tudo aqui tá muito estranho.

— Se quiser, você volta sozinho. Eu vou com elas — Fael disse.

— Sozinho eu não volto, não.

Cacau decidiu seguir com a gente. E, com certeza, não foi porque estivesse louco por uma aventura.

— Se eles voltam da cidade e não encontram vocês, o que eu vou dizer? — Cacau justificou. — Vou junto.

O barco tem lugar pra quatro. Exatamente.

— Ótimo! Então, vamos entrar e seguir o rio — Bia falou se segurando no irmão e tentando colocar um pé dentro do barco.

— Tá maluca! — Cacau tentou se soltar. — Se a mamãe chega e não encontra a gente, vai ser uma confusão danada.

— Mas você não acabou de dizer que ia junto?

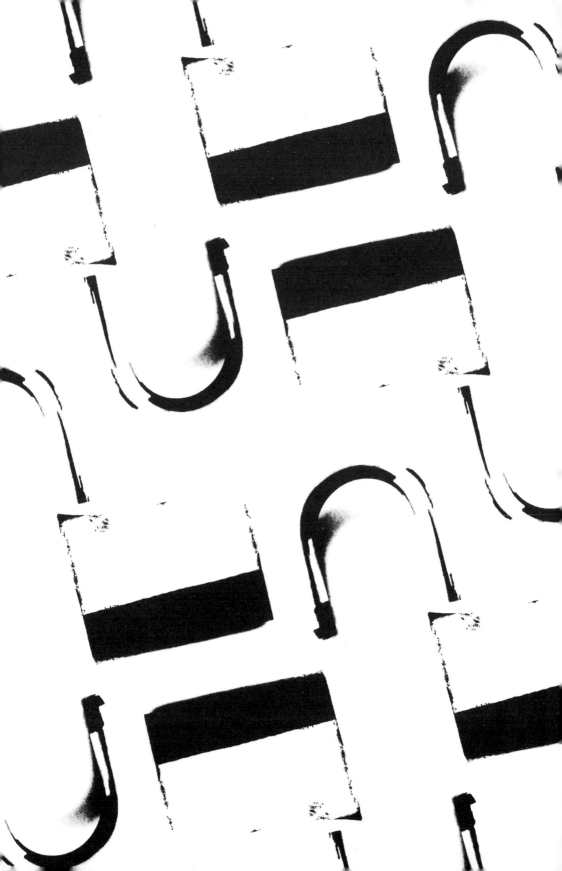

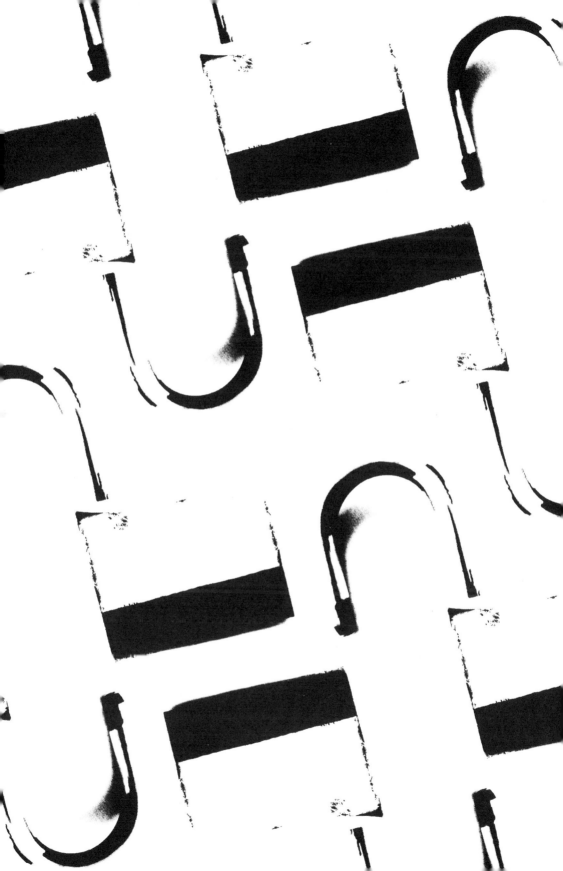

— Só que ninguém disse que queria entrar no barco — Cacau se defendeu. — Achei que seria só andar por aqui na caverna.

— Que coisa mais sem graça! Além disso, se a gente não for agora, não vai nunca mais — ela agarrou o irmão de novo pra não cair enquanto entrava no barco.

— Concordo. Tia Carol não vai nos deixar sozinhos outra vez.

— E a gente nem sabe se este barco vai estar aqui outro dia — Fael estava doido pra continuar.

Bia foi a primeira. Depois, eu. Fael, em seguida. E finalmente Cacau, que esbarrou em alguma coisa no chão.

— Tem um isopor aqui.
— Como assim? — perguntei.
— Isso mesmo, uma geladeira de isopor.
— Abre logo, Cacau.
— Tem suco em garrafa de refrigerante. Bolo de chocolate. Bolinha de queijo.
— Gente, eu adoro isto!
— Quem não gosta? Alguém deve ter colocado isto aí, mas, por quê?

E logo nossa atenção foi desviada mais uma vez. Só que, agora, a coisa tava mais esquisita ainda.

— Ei, quem tá remando? — Fael gritou.
— Remando? Como? Não tem remo aqui — não entendi nada.
— Nem motor — Cacau completou.
— Mas o barco tá se mexendo. Teca, para com isso! Tô ficando nervosa.
— Não sou eu, Bia! É você, Fael?
— Eu?
— Cacau?
— E eu sou louco?

A gente já tava bem afastado da margem quando, eu juro, vi um vulto parado lá perto de onde encontramos o barco. Pra falar a verdade, não sei se vi ou se a minha imaginação já tava indo longe demais, achando que tinha alguém vigiando o que a gente fazia ali. Talvez a mesma pessoa que colocou o barco no lugar onde achamos. Ou será o mesmo vulto que tava na varanda na noite em que fomos buscar a lanterna na oficina? Ou será... Deixa pra lá. De qualquer forma, não comentei com ninguém.

O barco vai se mexendo sozinho. Ninguém empurrando ou remando pra lado algum. O mais esquisito é que vai contra a correnteza. Quanto mais avança, mais alto a gente ouve um som de água caindo. De repente:

— Olha! — Fael gritou. — Uma cachoeira!

— Não tem alguma coisa estranha? — Bia perguntou.

— É. Eu sabia que o sitio já teve uma cachoeira, mas nunca ouvi nada sobre ter uma dentro de uma caverna — Cacau disse.

— Não era disso que eu tava falando, Cacau. Tem mais alguma coisa errada aqui, não tem? — Bia insistiu.

— Claro, Bia, a gente tá indo na direção dela — Fael quase gritou.

— A gente tá chegando muito perto — comentei. — Não tá demais, não?

— Tô sentindo a água respingar em cima de mim. Tô ficando toda molhada.

— Bia, como você é fresca! Se este barco maluco atravessar aquela cachoeira, você vai ver o que é ficar molhada de verdade.

Eu não sei se seria pior seguir mais para o fundo da cachoeira. O fato é que o barco está começando a se virar. Cada um se agarra onde pode. E vai virando. Acho que vamos cair. E continua virando, e começa a subir a cachoeira. Juro. Estamos su-bin-do!

DEPOIS DO SUSTO...

Um lago. Isso mesmo. Chegamos num lago, não muito grande, não muito pequeno. Um lago. E o barco ficou parado um tempo bem no meio dele.

— Conheço este lugar. Mangueiras. Jaqueiras. Bananeiras. Este cheirinho.

— Teca, é o sítio!

— Eu, hein, Bia, isto aqui é um lago e no sítio tem uma piscina, lembra?

— Ah! Sei lá! Mas aqui é o sítio. Pelo menos tem o cheiro do sítio. Disso eu tenho certeza.

Do jeito que a Bia estava falando, a gente até começou a se perguntar se ela não teria razão. Quem sabe aquele barco, naquele rio, não teria levado a gente pr'um outro lado do sítio até agora desconhecido? Ou pr'algum lugar ali por perto.

De repente, Cacau apontou pra uma pessoa que ia passando e disse:

— Não é a dona Nenê ali?

— Dona Nenê! Dona Nenê! — Fael saiu gritando.

— Para Fael, ela não tá te olhando — segurei meu irmão. — Parece que nem tá ouvindo.

— Mas ela tá tão pertinho... É impossível não ver a gente.

Dona Nenê, ou aquela mulher, que se parece muito com ela, tá carregando um tabuleiro de madeira na cabeça, coberto com um pano vermelho. Parece que tá voltando do lugar onde fica o forno a lenha que tem lá no sítio. Bem, tenho que con-

cordar com minha prima que aqui realmente parece ser o sítio, mas... também não parece. Tudo ao mesmo tempo. Entende?

O barco voltou a se mexer. Parou na margem.

— Vamos dar uma volta rápida por aí e ver o que tem? — Bia sugeriu, se levantando pra sair.

— Tá maluca! — Cacau agarrou o braço dela. — A gente tem que arranjar um jeito de voltar rapidinho. A mamãe...

— ... a mamãe nem vai notar — ela soltou o braço. — Pensa nisso depois, Cacau.

— Também acho. Vamos andar por aí. Já chegamos aqui mesmo, o que custa? — disse isso já fora do barco.

— Tô dentro — Fael se animou.

Ainda acho muito estranho a dona Nenê não ter falado, nem olhado pra gente. É bem verdade que estávamos meio longe. Vai ver que nem dava pra reconhecer. Por outro lado, ela sempre fica atenta quando não estamos dentro da casa. Por falar em casa, aquela ali parece a mesma, só que diferente, mais velha. A coisa toda está meio confusa.

Enquanto a gente andava procurando se esconder, íamos ficando cada vez mais surpresos com aqueles lugares que pareciam tão familiares.

— Bia, você, que é mais velha, que casa feia é aquela ali? — Fael perguntou, apontando uma construção que ficava mais longe.

— Sei lá! — Bia deu de ombros.

— E aquelas pessoas todas carregando aqueles cestões nas costas? Deve ser pesado — Fael insistiu.

— Eles estão descalços. Será que o pé não dói? — Cacau completou.

O ar tem um cheiro forte. Não sei dizer de quê. Parece café, mas é diferente. Como se fosse queimado.

— Sabe o que tá parecendo? — dei uma parada pra falar. — Com uma gravura do meu livro de história.

— Como assim, Teca?

— Parece com figuras do tempo dos escravos.

— Pirou!

— Tô falando sério. Cacau, tua mãe nunca te contou que na época do nosso tataravô tinha escravo lá no sítio?

— Lá?! — Fael se assustou. — Ah, Teca, acho que a Bia tá certa. Isto aqui parece o sítio, só não sei direito como!

— É verdade. Mas você não lembra da mamãe contar que os escravos plantavam e colhiam café pro bisavô dela vender?

— E você não sabia também que a dona Nenê é descendente de escravos? — Bia completou.

— Claro. Eu já ouvi essa história um monte de vezes — Cacau concordou. — Vocês até falaram disso outro dia na hora do lanche, não foi? — e deu um suspiro. — Eu só não consegui entender ainda onde é que a gente tá. Que lugar é este? Como chegamos até aqui? E de onde surgiu aquele barco? Caramba! É muita coisa ao mesmo tempo, e agora?!

Cacau tinha razão: tudo tava muito complicado. Quer dizer, muitíssimo esquisito mesmo.

Continuamos andando. Passando por entre pessoas descalças e mal vestidas que iam de um lado pro outro, quase sempre carregando alguma coisa. Até as crianças trabalhavam.

Já teve a sensação de ser invisível? Assim mesmo. Ninguém te olha. Parece que você não está ali. É assim que a gente está se sentindo. Acho que assim é melhor. Dá pra ver tudo, reparar em tudo e não ser incomodado. Aos poucos, fomos nos acostumando com essa invisibilidade.

Na varanda da casa maior tem uma senhora com cara de avó, muito parecida com a tia Carol, sentada numa cadeira de balanço, igualzinha à que tem na sala lá de casa (mamãe diz

que é uma antiguidade de família). Parece que está costurando ou bordando, não sei direito a diferença. Tem um homem de barba em pé perto dela. Fumando charuto, eu acho. Ele olha pr'um lado, olha pro outro, com cara de quem toma conta de tudo. Aquele rosto me parece conhecido. Acho que já vi em algum lugar.

Mulheres passam o tempo todo carregando uns jarros grandes de barro na cabeça. Como elas conseguem equilibrar aquilo?

— Teca, olha ali! Aquela moça tá tirando o jarro da cabeça.

A mulher parou ao lado do que parecia ser o que a gente chama de "poço" lá no sítio. Um poço que não é como esses que aparecem em filme americano, que tem uma corda e um balde amarrado na ponta, não. No sítio, é como se fosse uma grande bica que, no lugar da torneira, tem uma alavanca. É de ferro e todo coberto por uma planta — jiboia, eu acho. Nunca entendi direito por que todo mundo chama aquilo de poço. Mas, agora...

— Ela tá mexendo na alavanca — Cacau falou sem tirar os olhos do que ela fazia. — E tá saindo água daquela biquinha!

De repente, a moça largou a alavanca. Acredito que o jarro já tava cheio. Foi aí que começou a aparecer gente de tudo quanto foi lado. Todos mal vestidos e descalços, como os outros, e muito, muito suados.

— Olha! — Bia gritou. — Todo mundo tá correndo pra perto dela. De onde saiu tanta gente?

— Os caras tão bebendo água naquela cumbuquinha — Fael apontou.

— Ai, que nojo! Todo mundo suado, bebendo água na mesma cumbuca.

Os homens bebiam e voltavam correndo pro trabalho. Um outro grandão, de chapéu e botas, só parado... tomando conta.

ONDE SERÁ QUE ESTE POVO TAVA ESCONDIDO?

O mais esquisito é que, andando pelo lugar, do jeito que a gente estava fazendo, não dava pra perceber que tinha tanta gente por ali.

Eram homens, mulheres, crianças, todos negros. Decididamente, todos escravos. Cada vez mais eu me convencia disso, por mais maluco que pudesse parecer.

— De onde será que este povo todo apareceu?
— Sei lá, Bia.
— Vamos naquela direção? Eles tão indo pra lá — sugeriu Fael.

E fomos.

No caminho, atrás da casa, encontramos uns pátios enormes com o chão coberto por grãos de café. Vi grãos de café assim numa excursão que fizemos com a escola há um tempo. Por isso, eu sei como é.

O que eu não entendo são os vários escravos passando uma espécie de rodo pelos grãos, como se estivessem varrendo ou coisa parecida.

— O que eles tão fazendo? — perguntou Cacau.
— E eu é que vou saber?
— Quem mandou ser a nerd da família? — Bia brincou. — Agora, falando sério, isso deve ser café. Lembra que, naquele

almoço, lá na tua casa, a minha mãe e a sua estavam mexendo numas caixas de madeira e acharam umas gravuras antigas? E que a vovó disse que eram bens de família, desenhadas por alguém conhecido e que já morreu faz tempo? Elas separaram as gravuras e disseram que iam mandar colocar na moldura e pendurar na parede.

— Lembro, claro! E?

— Não lembra que mostraram uma que era de uma fazenda de café?

— E daí?

— Pois é. Você não acha que era muito parecido com isto aqui?

— Pode até ser, Bia, mas eu não lembro delas falarem que as gravuras eram do sítio.

— Tinha uma que era um retrato do tatataravô e da tatataravó...

— Isso! Foi daí que eu reconheci aquele homem e aquela mulher que tavam lá na varanda da casa! — quase gritei.

— Caramba, Teca. Você meteu mesmo na cabeça que aqui é o sítio, hein? — Fael interrompeu a nossa conversa.

— E não é, Fael? — a Bia respondeu.

— Se é, eu não sei — Cacau comentou. — Mas, ali, atrás daquela árvore, não é a dona Nenê olhando pra gente?

— Onde? — me virei.

— Sumiu — ele deu de ombros. — Acho que eu já tô vendo mais coisa do que devia.

Andamos mais um pouco. Bem, quer dizer, andamos pra caramba. E, quando percebemos, estávamos num corredor de árvores. Isso mesmo. Uma fila de árvores de um lado, uma fila de árvores do outro e nós andando ali no meio. Não parece um corredor? Ah! Quase esqueço de dizer: quando eu falo "árvores", não tô falando de ÁRVORES, entende? Daquelas grandes que é preciso olhar pro céu pra ver onde acaba. Não! Eram

árvores baixinhas. Quer dizer, um pouco mais altas do que eu ou a Bia. Se ali era realmente o sítio, aquilo, com certeza, era uma plantação de café. Pelo menos, eu acho.

No início, parecia que tudo estava muito deserto. Tão calmo que já não estávamos andando tão colados uns nos outros. Cada um examinava alguma coisa que achava mais interessante ou estranha. Acho até que, por alguns momentos, esquecemos um pouco de quão anormal era aquilo tudo.

Mas, de repente:

— Ah! — Bia deu um grito.

— O que foi? — corri em direção a ela, que tinha resolvido passar por entre duas árvores.

— Tem um monte de gente ali do outro lado — Bia falou. Tava mais branca do que a farinha que a dona Nenê faz. — Dei de cara com um deles. Ele ficou olhando dentro dos meus olhos.

— Tá maluca?! — Cacau gritou. — E se nos descobrem aqui?

— Calma, Cacau. Até agora passamos por tudo quanto é canto e parece que ninguém nos vê — me virei pra Bia. — O que exatamente aconteceu?

Bia ia começar a falar quando ouvimos um grito vindo do corredor ao lado. Era numa língua que não conseguíamos entender, mas, pelo jeito de falar, pela entonação que davam, alguma coisa esquisita havia acontecido. Era como se alguém estivesse muito nervoso.

Resolvemos espiar.

Do outro lado, um homem negro apontava, desesperado e agitado, pra um dos pés de café.

— Ele tá apontando pra onde eu tava — Bia falou baixinho, quase chorando.

— Como é que é? — Fael olhou surpreso.

— É o que eu disse: ele tá apontando pra onde eu tava. Aliás,

foi com ele que eu dei de cara. Que eu olhei, olho no olho, entende?

— Será que ele tá dizendo pra todo mundo que viu você? — meu irmão se assustou mais ainda.

— Eu é que vou saber?! Não entendo uma palavra do que ele fala. Não sei nem dizer que idioma é esse.

Ouvimos mexerem nos arbustos e, segundos depois, um homem enorme, branco, com botas e chapéu de couro, um chicote preso no cinto e uma espingarda na mão, apareceu no corredor onde estávamos. Atrás dele, uns quatro ou cinco escravos, igualmente grandes, mas com os olhos cheios de medo.

Fomos descobertos!

Ficamos apavorados. O que iriam fazer com a gente? Acho mesmo que, naquele minuto, ninguém pensava em pensar, com medo de fazer barulho.

Os homens foram chegando cada vez mais perto e nós ficamos bem abaixados, nos escondendo colados aos pés das árvores. Era possível ouvir a respiração deles.

Andaram prum lado. Andaram pro outro. O branco balançou algumas árvores com a ponta da arma. Falaram alguma coisa que eu não entendi e foram embora.

Segundos depois, ouvimos um homem gritando.

— Chega disso! Não tem nada aqui. Voltem pro trabalho ou o chicote vai...

Não ficamos pra ouvir o resto da frase. Saímos correndo. Imagina se outro escravo vê a gente de verdade!

E NÃO PAROU POR AÍ...

Fael nos cutucou.

— Bia. Teca. Aonde aquele outro cara de botas vai com um chicote na mão?

— Chicote? Quem? Onde, Fael? — eu fiquei procurando.

— Saindo daquela casa horrorosa ali do outro lado — Fael apontou.

— Tô vendo. Sei lá. Quem sabe vai andar a cavalo — tentei.

— Cavalo? Com um chicote daquele tamanho? — Cacau discordou.

— Ele tá vindo pro nosso lado. Tô achando que nos viu também, será? — me apavorei.

— Já nem sei direito. Antes eu tava me achando invisível. Depois daquele lance lá na plantação, tô me sentindo um fantasma — Bia comentou.

Cacau apontou um homem sem camisa, amarrado a um poste, descalço como a maioria dos que trabalhavam. Usava calças largas e sujas, parecidas com as que o meu irmão usa nas aulas de capoeira.

— O cara-de-mau-com-chicote-na-mão tá indo naquela direção — Fael apontou.

— Ele vai bater no outro? Que covardia! — Cacau ficou indignado.

— Não quero nem olhar — Bia tapou os olhos. Mas eu tive a impressão de que ela ficou olhando por entre os dedos.

— Sabe do que tô me lembrando? Que a Marluce, de história, disse numa aula que, naquela época, os escravos apanha-

vam dos feitores. Vai ver o cara-de-mau é um feitor, que nem deve ser aquele que foi procurar a gente lá no cafezal.

— Falou o crânio da família.

— Não começa, Fael. Eu tô falando sério. Aquela casa feiona ali deve ser a senzala.

— Sem o quê? — Cacau perguntou.

— Sen-za-la, seu burro — Fael respondeu. — Onde os escravos moravam.

— Mas não existe escravo faz tempo.

— Eu sei. Mas que eu tô me sentindo na aula de história ao vivo, isso eu tô.

— Só que ali é onde fica a oficina do meu pai. Ele nunca me disse que aquilo tinha sido casa de escravo — Cacau falou e parou por um minuto. — Caramba! Não é que este lugar aqui é mesmo o sítio? É tudo tão igual!

E não é que o cara-de-mau deu mesmo umas chicotadas no outro? A Bia ficou com as mãos cobrindo os olhos o tempo todo. E eu tive que segurar meu irmão que estava pronto pra correr até lá e tentar impedir.

— Tá maluco, Fael? — Não tá vendo que, se o cara te pega, quem vai pro tronco é você?!

— Teca, eu não sei o que o outro fez, mas com certeza não merece umas chicotadas. Ninguém merece! Isso não é normal! Não pode ser.

— Eu também acho, Fael. Só que você já notou que por aqui ninguém vê a gente? Não percebeu o que aconteceu lá na plantação? Os caras passaram do nosso ladinho. Olharam na nossa direção e não nos viram.

— Mas, Teca! Isso não é justo!

— Não tô dizendo que é, Fael. Tô falando que não adianta, que ninguém nos vê e que não podemos fazer nada por ele — meus olhos se encheram de água.

O festival de chibatadas durou alguns minutos. Alguns escravos estavam parados em volta, como se estivessem sendo obrigados a estar ali. Dois outros homens, com cara de feitores ou coisa assim, pareciam tomar conta dos escravos que estavam assistindo à surra.

Finalmente soltaram o homem do tronco.

— Agora aquelas mulheres tão levando o coitado que levou a surra pra dentro da senzala! — Bia mostrou. — Olha só quanto sangue!

— E eu não fiz nada! Viu?! A culpa é sua! — Fael gritou comigo. Parecia que ia chorar de tanta raiva.

Cadê a princesa Isabel que não está aqui? Cadê a Lei Áurea?

E AGORA???

Ficamos ali alguns minutos. Em silêncio. Ninguém se animava a falar. Era uma sensação esquisita.

— Vamos voltar? — sugeri. — Tá escurecendo.
— Como? — Cacau perguntou.
— De barco, ora — Fael disse.
— Mas, cadê o barco?
— Que tal no lago?

Voltamos pro lugar onde o barco tinha nos deixado. E... nada de barco. Olhamos uns pros outros com uma pontinha de pânico. Se o barco não tava lá, como é que a gente ia voltar pra casa?

— Viu?! Eu não disse? A gente nunca devia ter saído do sítio! — Cacau entrou em desespero — E agora? O que a gente vai fazer? Vamos ficar presos aqui nesse lugar que ninguém sabe direito onde é?
— Ou pior, quando é? — Fael completou.
— Calma, gente — falei. — Deixa eu pensar. Vamos dar um jeito.

Surpreendentemente, Bia olhou na maior calma pra todos.
— Vocês já pensaram que, se o barco não tá aí, é porque não tá na hora da gente voltar?
— Tá maluca? — Cacau gritou. — Já tá ficando escuro! E a gente não tem a menor ideia de quanto tempo ficou aqui.
— Sabe que a Bia deve ter razão? — falei, sem saber se era aquilo mesmo. — O barco estava lá quando a gente entrou na caverna, não foi?
— Mas ninguém garante que não tivesse lá há muito tempo. — Fael coçou a cabeça.

— Só que o lanche tava fresquinho, o suco, geladinho... Então, tudo indica que tava esperando por nós — eu fui procurando encontrar alguma lógica.

— Viu? É disso que eu tô falando — Bia riu. — Quando for a hora de voltar, ele vai aparecer aqui — apontou pra margem do lago. — No mesmo lugar onde nos deixou.

— E o que você acha que devemos fazer? Sentar e esperar, dona-sabe-tudo? — Cacau ia ficando cada vez mais apavorado.

Fael me cutucou e apontou na direção da casa. Como estava ficando escuro, só dava pra ver que alguém vinha em nossa direção. Parecia ser, novamente, uma mulher carregando um tabuleiro na cabeça. Prendemos a respiração. A mulher foi chegando mais perto. Mais perto. Até que deu pra ver que era a dona Nenê, ou melhor, aquela que parecia muito com ela. Passou por nós bem devagarinho, rindo e olhando pra onde estávamos. Era como se ela nos visse, mas, ao mesmo tempo, parecia estar olhando o vazio. De repente, olhou em direção à senzala. E nós, sem saber o que fazer, olhamos também. Ela começou a andar mais rápido até sumir no escuro do caminho.

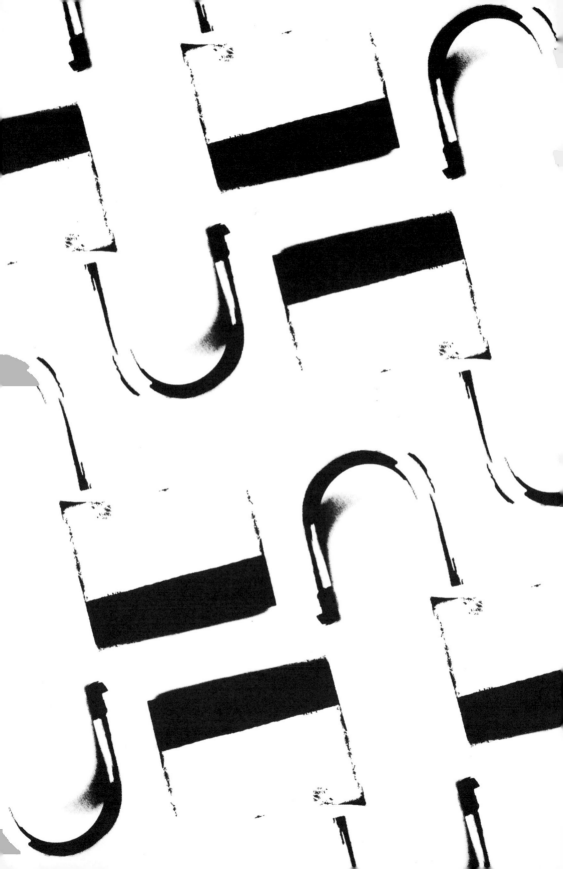

QUANDO PARECIA QUE JÁ TINHA ACABADO...

Pra nós, aquele olhar foi como se ela estivesse nos mostrando alguma coisa. E sabe que acho que era mesmo?

Por detrás da senzala parecia haver uma luz, como se uma fogueira estivesse acesa. Sem sequer olhar uns pros outros, começamos a andar naquela direção.

À medida que íamos nos aproximando, tive a impressão de ouvir uma música. Bem, não sei se era exatamente uma música, mas, com certeza, um som meio cadenciado, quase como um hip-hop, só que mais melódico. Ah! Sei lá como explicar isso!

— Que eles tão cantando, eu já consegui perceber... — Cacau falou de um jeito meio emblemático. — Eu só não entendo palavra alguma!

— Mas se você prestar bem atenção, vai ver que tem um som parecido com o que aqueles caras estavam falando lá no cafezal, não é? — Fael completou.

— Será que a gente consegue chegar bem pertinho pra ver o que tá acontecendo? — Bia se animou.

Se isso tivesse acontecido na hora em que chegamos naquele lugar, com certeza teria gerado uma confusão danada com o Cacau dando pra trás, o Fael querendo seguir em frente, eu tentando acalmar os ânimos e a Bia chamando o irmão de medroso. Acontece que, depois de tudo o que havíamos presenciado durante esse tempo, ninguém mais questionava ou discutia. Mais ainda: ninguém queria perder nada do que ainda poderia acontecer.

Por outro lado, tirando o lance lá no cafezal e aquela mulher — que eu ainda acho que era a dona Nenê em versão mais nova — estávamos certos de que ninguém nos via, então, podíamos fazer o que quiséssemos.

Resultado: seguimos rumo à senzala. Devagar, é bem verdade. Não por medo, mas por cuidado pra não pisar onde não se deve. Se no sítio é escuro durante a noite com aquelas luzinhas, imagina aqui, que não tem nada disso?

Demos a volta pela lateral da senzala — ou da oficina, como queiram — e ficamos espremidos ali, só com os olhos pra fora. Deu pra entender? Que nem a gente vê em desenho animado. Melhor assim?

— Gente! Isto parece uma festa! — Bia falou um pouco assustada, sem se preocupar em falar baixo.

— É mesmo! Aquelas mulheres tão cantando e batendo palmas num ritmo bem diferente — observei.

— E os homens tão jogando capoeira! — os olhos do Fael se iluminaram. — Quer dizer, de um jeito um pouco diferente de como a gente joga lá na academia, mas eles parecem estar jogando um tipo de avô da capoeira.

— Isto é demais! — Cacau comentou extasiado.

Ficamos ali um bom tempo, não sei quanto, admirando aquela festa. Uma fogueira estava acesa não muito longe dali. Na realidade, a roda estava armada entre a senzala e a fogueira.

Fael e Cacau ensaiaram uns passos de capoeira ao nosso lado, imitando alguns movimentos que os escravos estavam fazendo e que eles não conheciam. Eu e Bia ríamos. Estava muito divertido.

De repente, um silêncio. Todos pararam ao mesmo tempo. As palmas, a cantoria, os passos do jogo. Tudo. Paramos também e nos esprememos de novo na parede da senzala pra ver o que tinha acontecido.

— Todos estão olhando em nossa direção! — gemeu Bia.

— O que a gente vai fazer? — choramingou Cacau.

Demos as mãos com tanta força que chegou a doer. A vontade era de correr pra bem longe dali, mas nem as pernas nem parte alguma dos nossos corpos obedeciam.

Alguém falou alguma coisa bem alto, naquela língua que a gente não conhecia. Os outros responderam em um coro que parecia até ter sido ensaiado.

E a batida de palmas recomeçou. E a cantoria recomeçou. Mas a capoeira, não.

Nesse momento, parece que o sangue recomeçou a correr nas nossas veias. E nossas pernas voltaram a nos obedecer. Saímos correndo o mais rápido que conseguimos, sem nenhuma preocupação de onde estávamos pisando ou por onde estávamos passando.

DE VOLTA AO LAGO

Depois da corrida, ainda ofegantes, paramos pra discutir o que tinha acabado de acontecer.

— Será que eles nos viram? — Bia perguntou.

— Sei lá! — dei de ombros.

— Mas eles pararam de repente e ficaram olhando pro lado onde a gente tava — Cacau estava tremendo.

— Por outro lado, não deram nenhum sinal de que estavam vendo a gente — Fael concluiu.

Ainda estávamos um pouco longe, então, começamos a andar mais devagar em direção ao lago.

O vulto daquela mulher que parece com a dona Nenê, dessa vez sem o tabuleiro na cabeça, apareceu novamente, vindo dos lados onde, no sítio, fica o campinho. Parou a uma certa distância de nós. Deu pra ver que ela estava sorrindo. Decididamente, ela nos via e, de alguma forma, era como se estivesse nos guiando naquele lugar.

Dessa vez foi Cacau quem cutucou nós três ao mesmo tempo.

— Olha lá! — apontou pro lago. — O barco apareceu.

Não preciso dizer que não perdemos tempo. Saímos correndo e subimos no barco antes que ele sumisse novamente.

A volta foi bem diferente. Quer dizer, o caminho era o mesmo: Cachoeira. Rio. Caverna. Bananeiras. Piscina. Mas nós não éramos.

Ninguém falava. Não dava pra ter certeza o que cada um estava pensando, mas dava pra imaginar. Afinal, ler nos livros e ouvir os professores de história contando é uma coisa. Olhar no olho, ver aquelas coisas acontecendo, era bem diferente.

FINALMENTE, DE VOLTA

BIBI! BIBI! BIBI!

Estávamos ainda saindo da caverna quando começamos a ouvir a buzina. Eram tia Carol e tio Júlio voltando da cidade.

— Ufa! Esta foi por pouco — falei.

— Eu não disse? – Cacau cochichou. — Devíamos ter voltado antes.

— Mas o barco não tava lá! — Fael disse baixinho. — Como é que a gente ia voltar?

Tio Júlio parou o carro, abriu o porta-malas e começou a tirar as sacolas de compras.

— Crianças. Venham ajudar a descarregar. Fael, pega este que não está muito pesado. Bia, cuidado que aí tem vidro. Teca, coloca este pacote direto na geladeira — tia Carol foi distribuindo as tarefas.

— Cacau, pega a lanterna lá na oficina pra mim, na segunda gaveta da bancada de ferramentas. Está ficando escuro e eu não consigo ver direito o que tem na mala do carro — tio Júlio pediu.

— Cacau, aproveita e deixa a minha sacola lá na varanda, por favor?

— Estou gostando de ver, Bia. Você está aprendendo a ser educada com o seu irmão.

— Claro, maninha. Eu levo pra você.

Ainda bem que Bia pensou rápido e Cacau entendeu o recado. Nos safamos por pouco.

Tarefas cumpridas, fomos todos tomar banho pra, depois, lancharmos. No caminho pro quarto, comecei a reparar em umas gravuras penduradas na parede do corredor. Eram imagens bem antigas. Na verdade, eram muito semelhantes àquelas que vi minha mãe e tia Carol separando pra emoldurar.

— Gostou? — tio Júlio perguntou.

Levei o maior susto.

— Muito — respondi. — Nunca tinha prestado atenção que estes quadros tavam aqui.

— Quando eu comecei a namorar sua tia, sua avó me disse que um tio dela havia desenhado estas gravuras. Elas estavam todas dentro de uma caixa muito antiga. Aí, um dia, sua tia mandou colocá-las na moldura.

— Mas eu lembro também da minha mãe e da tia Carol mexerem em umas outras parecidas, num almoço lá em casa.

— Ah! Eu sei. Sua mãe ficou com algumas. Acho que estão no consultório do seu pai, não é?

— Acho que sim. Mas naquelas tem uns prédios antigos, umas fontes, sei lá. Estas aqui são diferentes.

— Diferentes, como? — tio Júlio perguntou.

— Quer ver? Esta aqui — apontei a do meio — parece com o poço aqui do sítio, só que sem as plantas.

— Agora entendi. Sua mãe ficou com as gravuras mais urbanas e nós com as rurais. Sobre o poço, é isso mesmo. Você está certa — ele riu. — Só que nessa época ele era realmente usado. As pessoas que viviam aqui na fazenda tiravam água dele pra beber e pra cozinhar — e ele começou a falar sério. — Você sabe que o sítio já foi uma fazenda, não sabe? Foi sendo dividido nas heranças e acabou ficando deste jeito. Como seus pais não se animam muito a vir pra cá, eu e Carol passamos a cuidar do lugar.

— Legal, tio! Depois você me conta mais sobre esse tio da minha avó? Ele desenhava muito!

— Bem, eu sei muito pouco. Você pode perguntar a sua avó quando voltarmos pra cidade. Só sei que foi um homem importante na sua época.

— É. Vou fazer isso.

— Agora, vai tomar seu banho porque, não demora, o lanche vai estar na mesa.

No banho, fiquei me perguntando se aquelas gravuras realmente estavam ali antes. Será possível que eu nunca tivesse notado?

QUE PENA QUE O DIA TÁ ACABANDO

Pra variar um pouco, dona Nenê caprichou no lanche. Fez bolo de cenoura com chocolate. Doce de jaca. Suco de manga. Pão no forno a lenha.

Enquanto a gente comia, tio Júlio aproveitou pra dar uma olhada no jornal que tinha comprado na cidade. Cacau não resistiu.

— Pai, o que é que tinha lá na oficina antigamente?

— Como assim, filho? Quando eu comecei a namorar a sua mãe, seu avô já tinha oficina ali naquele lugar.

— Mas você não sabe o que tinha ali antes? Não era uma senzala?

— Carlos Alberto, posso saber de onde você tirou essa ideia?

Tia Carol só chama o Cacau de Carlos Alberto quando não está gostando do que ele está fazendo.

— Nada não, mãe. Só curiosidade. É que aquela casa é tão antiga e a vovó conta sobre os escravos aqui da fazenda. Imaginei que a oficina devia ser a senzala.

— E a piscina? Sempre foi piscina? — Fael não resistiu e perguntou.

— É verdade que o sítio já teve cachoeira? — Bia emendou.

— Um de cada vez! Vamos por partes: piscina é coisa muito recente — tio Júlio falou sem tirar os olhos do jornal. — Foi construída quando a gente ainda namorava.

— É mesmo, tio Júlio. Eu lembro que tinha um laguinho ali, mas papai resolveu acabar com ele e fez a piscina. Já nem sei por quê.

— Acho que foi porque ele foi secando, não foi?

— É. Acho que foi isso mesmo.

— E a cachoeira? Eu não me lembro de cachoeira aqui no sítio — tio Júlio ficou pensativo.

— Hum... essa já é outra história. Quando o meu avô morreu, a fazenda foi dividida entre os três filhos e a cachoeira ficou na parte de um deles, que depois vendeu as terras.

— Puxa, que pena que não ficou na parte da sua mãe — tio Júlio lamentou.

— É... — ela suspirou. — Seria bom termos uma cachoeira por aqui. Mas... — e virando-se pro meu irmão — vocês podem me explicar o porquê de tantas perguntas?

— Deve ser por causa das gravuras, Carol — tio Júlio respondeu. — Teca também estava cheia de curiosidade.

— Sei. Só que as gravuras estão naquela parede desde antes deles nascerem e só agora ficaram curiosos? — tia Carol parecia desconfiar de alguma coisa.

— Ora, vai ver que estudaram alguma coisa sobre o século XIX na escola e começaram a fazer associações — tio Júlio continuava nos "defendendo". — Aliás, acho isso ótimo! Prova que estão guardando na memória o que aprendem.

— É isso mesmo, mãe — Bia se apressou em confirmar.

Como minha tia parecia não estar muito satisfeita com aquela explicação, resolvi mudar de assunto antes que alguém acabasse deixando escapar alguma coisa que não devia.

— Dona Nenê, onde a senhora aprendeu a fazer este pão tão gostoso?

— Este pão? — suspiro. — Minha bisavó fazia no forno daqui quando era moça. Receita de família.
— É verdade que a sua bisavó era escrava?
— Claro. Vocês têm alguma dúvida?
— Eu não. Você tem, Bia?
— Nenhuma.

Perguntinha estranha essa da dona Nenê. Minha vontade, e acho que a de todos nós, era de perguntar se era ela que estava lá, com o tabuleiro na cabeça, olhando pra gente. Mas não dava pra fazer isso ali. Não na frente dos meus tios. Pensando bem, nem se eles não estivessem ali. Por mais legal que a dona Nenê fosse, ela ia achar que a gente tinha ficado maluco ou que estava fazendo alguma besteira muito grande.

Durante alguns minutos, todo mundo ficou calado, até que tia Carol resolveu quebrar o silêncio com aquelas perguntinhas que só mãe faz, sabe?

— Bem, mas o que vocês fizeram de interessante, enquanto nós fomos à cidade?

— Nada de especial, mãe, tudo normal — Cacau começou a responder.

— É. Ficamos na piscina — Bia completou rapidamente. — A gente tinha que aproveitar o sol, né? Depois desse tempo todo de chuva.

— Eu não acredito que, com todo esse verde pra aproveitar, vocês preferiram ficar na piscina! Tem uma igualzinha no clube aonde vocês vão toda hora! — minha tia ficou meio contrariada.

— Ah! Mas a gente queria pegar um solzinho, né, mãe? — Bia argumentou.

Tio Júlio olhou pra nós por cima do jornal com cara de quem estava achando alguma coisa estranha.

— Engraçado... como é que vocês conseguiram passar a tarde na piscina, com esse sol todo, e ninguém ficou nem um pouco vermelho?

— É... que... — Bia começou a se enrolar.

— A gente se encheu de filtro solar, tio — respondi rapidamente.

— Carlos Alberto e Raphael também? — tia Carol perguntou.

Até meu tio perguntar isso, estava tudo indo muito bem. Por que justo ele tinha que perceber que ninguém tava com cara de quem passou a tarde toda no sol?

— Eles ficaram na piscina o dia todo, sim, dona Carol. Só brincando. Eu fiquei de olho como a senhora mandou.

— Viu mesmo, dona Nenê?

— Inclusive vi os meninos passando esse tal de filtro nos ombros e no nariz.

— Então, tá. Se a senhora está dizendo — minha tia se deu por convencida.

Ninguém entendeu nada. Como era possível ela dizer tudo aquilo e com tanta certeza? Olhamos pra dona Nenê. Todos ao mesmo tempo, tentando disfarçar a interrogação que devia estar escrito na nossa testa. Queríamos fazer milhões de perguntas. Será que foi ela quem colocou aquele lanche no barco? Ou melhor, será que era ela aquele vulto que a gente via, volta e meia, lá naquele lugar? Mais importante ainda, ela sabia o que tinha atrás das bananeiras?

Continuamos olhando pra dona Nenê, incrédulos. Ela simplesmente sorriu com uma piscadela de volta.

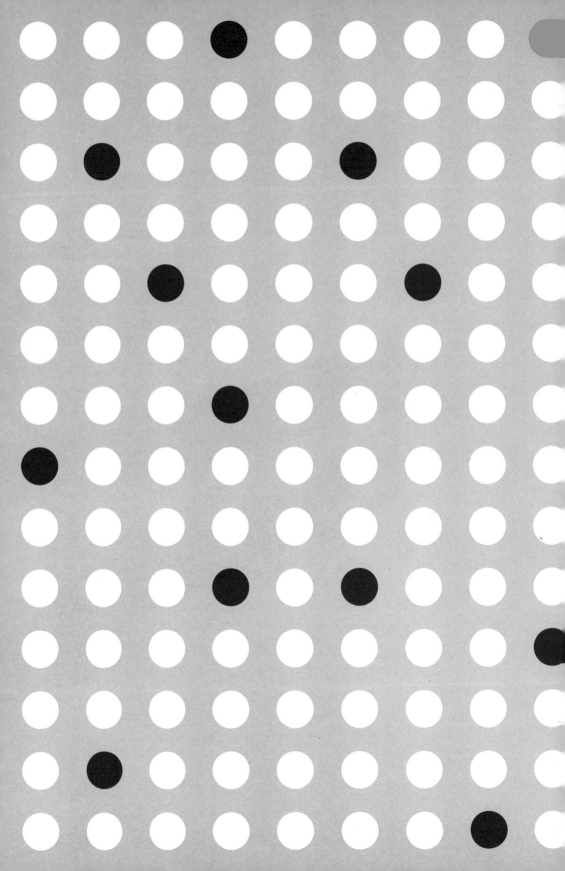